# 青春日光狂想曲

# 作者季暄的話：

我是個因為興趣而一直換「主修」的人，主修過企業管理、大眾傳播系到外文系，1970年代西洋歌曲也算是我的主修項目。我當過成本會計人員及廣播節目主持人。職場上穩定踏實，雖然沒有衝鋒陷陣的競爭性，但也不平淡，訪問歌手藝人、作家、運動員、各行各業、市井小民……等，以及長期擔任校園廣播社指導老師，與年輕學子教學相長的歷程，都是可貴又美好的經驗與回憶。

從小我就愛講話，自習課、開朝會時找同學聊天常常被老師喝止。中學時期的週六下午，我會把我看的電視驚悚恐怖影集的故事劇情說給班上的住校生聽，看到他們專注的神情，甚至讓我萌生「必須繼續看更多影集」的使命感。

現在，我有機會可以用不同的方式說不同的故事，我以居住的社區環境作為故事發展的舞台，發想出主人翁一家人的互動與日常點滴，並期待大家能融入王書維的成長歲月，如果在感受到這些情節與你的日常生活瑣事有所呼應時，能讓你莞爾一笑，那就是對本書最大的誇讚了。

醞釀了八年終於完成了這本書，我要感謝的夥伴很多，感謝林翀蕎、陳嘉珮及孟利路提供的書寫創意．；蔡明珠老師耐心解說校務日常．；丁文娟老師說明音樂課程教育現況．；

已有多次出版書籍經驗的廣播界好友及前輩危佩珍、李可、曾平的經驗分享與貼心提醒；珮綺辛苦繪製樸實無華、細膩又可愛的插圖；Laurie、編輯人員們細心的校對；塗宇樵賞心悅目的版面編排及引人目光的封面設計；育穎奔波南北聯繫出版雜務瑣事；感謝張加君、楊容容及博客思出版社的夥伴們，沒有你們的專業協助，這本書毫無順利付梓的可能。當然，也感謝家人的支持與鼓勵。我很幸運，一直受到各界朋友的協助，在此一併致上我最誠摯的謝意。

## 繪者珮綺的話：

時隔許久的提起了畫筆，初期時的每次起稿，都帶著許多的不確定，想要每個筆觸都是最完美的存在。但在我反覆閱讀故事後，彷彿時間倒轉了！而我也跟著回到國小那段最單純無憂的日子。

校慶活動前一天會期待到睡不著的自己、興奮地與同學討論各自的暑假計畫、最期待週三午餐是什麼菜色，是義大利麵？還是披薩？今天會不會有炸雞呢？還有每週一次的社團時光；及最害怕被叫到訓導處。看似平淡無奇的日子，都因為這些微小微小的片段，一幀一幀的，從而拼湊成了一部單純無憂，名為「童年」的電影。希望正準備要閱讀這本童書的你，能透過我筆下的角色，一起坐上時光列車，回到屬於你的國小童年時光。

歡迎光臨！日光國小！

青春日光狂想曲  8

# 目錄

人物介紹 10

第一章 約定 12

第二章 行動開始 24

第三章 媽媽喜歡機會教育 36

第四章 教務處報告 46

第五章 大河的聲音 60

第六章 未來的同班同學 72

第七章 爸爸愛運動 80

第八章 寶寶爬行奧運會 88

第九章 校慶前一天 102

第十章 校慶競賽歡樂多 112

第十一章 難忘的畢業活動 126

第十二章 我的暑假計畫 140

第十三章 No Writing, No Games. 150

青春日光狂想曲 10

## 人物介紹

### 王書維

日光國小四年乙班班長，身高是全班最高，不擅長當班長，喜歡安靜觀察生活周遭人事物，為了遊戲機決定練習寫作。

### Q弟 王書彥

日光國小二年甲班學生，暱稱Q弟。

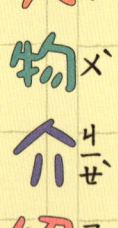

### 爸爸

電子科技公司員工，需輪值工作，身材健碩。

### 媽媽

公務員，市立高中註冊組辦事員，中等身材。

## 林家恩

王書維好友，麻吉三劍客成員之一，機靈冷靜，是點子王，喜歡大自然。

## 李宏銘

王書維好友，麻吉三劍客成員之一，活潑樂觀人緣好，喜歡研究美食。

## 邱佳郁

四年乙班副班長，熱心助人、積極主動，喜歡出風頭。

青春日光狂想曲 12

約定
ㄩㄝ ㄉㄧㄥˋ

青春日光狂想曲 14

開學已經一個星期了。我和Q弟好期待這個週末的到來,因為住在臺中的阿姨要來玩,我們又可以吃大餐了。可是星期五晚上吃完晚飯,Q弟去洗澡時,爸爸媽媽把我叫到客廳,茶几上攤著聯絡簿,爸爸指指聯絡簿上級任導師方怡君老師的留言:

「書維的生活日記寫得太簡潔,請家長多關照書維的寫作能力。」

媽媽說要看看我的日記作業都寫什麼。我進房間從書包裡拿出今天發回來的寒假作業簿,拿給媽媽看。

媽媽一邊搖著頭,一邊翻了翻我的日記,把我的秘密全部看光光!我想我長大後一定要買有小鎖頭的日

記本寫日記，絕對不能讓她再看到我的秘密。

「咦！怎麼都只寫早餐吃什麼？而且怎麼每一篇只有五、六行，過年時不是有帶你們去大快樂世界玩？臺北叔叔來家裡玩還送你禮物？怎麼都只寫一行，沒寫詳細點呢？這次沒幫你詳細檢查作業，竟然寫得這麼簡單！」

我覺得我的寒假日記很正常呀！大人不是都說「一年之計在於春，一日之計在於晨」，又說「早餐很重要，每天都一定要吃早餐才出門。」所以，我詳實記錄早餐應該沒錯吧？而且寒假每天的早餐都很豐富，因為不必趕

著上學,所以,我會和Q弟悠哉的烤吐司,抹上厚厚的草莓果醬吃;媽媽也常常煮地瓜稀飯,她會用小碟子裝滿很多罐頭美食,像是肉鬆、花瓜、海苔醬,以及花生麵筋,還會煎蔥花蛋,把好幾個小盤子菜放在餐桌上,蓋上餐桌罩後才出門上班。我和Q弟都愛吃稀飯,可以稀哩呼嚕連吃兩碗。如果爸爸上大夜班,他就帶速食店的早餐回來。到了週末我們一家人就到巷口早餐店吃中西合併的早餐,吃完再去大賣場買東西。

而且不是只有我寫早餐美食日記,我們麻吉三劍客的林家恩去親戚家玩,常常晚睡晚起,阿姨表姊們都帶他去速食店的早午餐Brunch,所以他都是寫一號餐、

二號餐、A號餐、B號餐，或是培根德式香腸的；而李宏銘則是寫宵夜吃什麼。

「你不是說以後想當老師，當老師的，作文寫不好怎麼教學生呢？」爸爸附和著媽媽，一邊翻著日記本，皺著眉頭輕輕地說著。

講到未來的志願，這又是誤會一場。爸爸一直沒有更新我的志願資料，當老師是我一年級的志願啦！我到現在也還沒決定呢！其實我還在猶豫不決中。因為爸爸下班時喜歡看電視轉播的各種運動比賽，我和Q弟也跟著看，所以看了美國職籃，我就想學咖哩小子柯瑞①打籃球；看了美國職棒投手大谷投出三振、野手翔平②打出全壘打時，我就想當棒球選手。

17 約定

最近林家恩說想學跆拳道，找我一起去，他說以後要當跆拳道選手，我還沒答應，因為前不久很流行吃美食的網紅，我覺得也不錯，但是李宏銘說那是他的願望，叫我不要跟他搶。

「我已經不想當老師了，我想當體育主播。」我扭動著身體，一個不小心，就把我內心還在醞釀尚未成型的新志願說了出來。

「體育主播嗎？很好很好，可是主播要口齒清晰外，也要多閱讀，應該也要寫新聞稿吧！所以，你還是要多多練習寫作。」看來媽媽覺得這個行業很有前途，決定支持我的志願。

爸爸不知道從哪裡拿出一疊厚厚的稿紙，拍拍上面的灰塵，

「爸爸想，你自己設定題目，不管寫多寫少，只要你把這疊稿紙都寫完，到時候，爸爸就買你想要的遊戲機給你玩。」

前幾年開始流行集合了山姆歐超級巨星賽車、萬物山友會、城堡戰略的遊戲機，聽說邱佳郁家裡有買。我很想要遊戲機，可是連續兩年我收到的生日禮物都不是遊戲機，現在要我寫很多篇作文，我當然要抗拒一番。

「可是我每天要上學、要寫作業、要上英語課，沒多餘的時間寫啦！」

「你慢慢寫，要寫到暑假結束升上五年級，還是要寫到六年級都可以。因為遊戲機太貴了，爸爸可以每天不喝飲料，把飲料錢存起來，給你買最新出品的遊戲機，但是你也要有成果給我看。

19 約定

「怎麼樣?」

爸爸竟然願意犧牲每日一杯的手搖飲,而我可以有遊戲機,這似乎是個不錯的交易。但是要寫些什麼呢?

「你可以先從你身邊的人、事、物開始寫,」爸爸似乎看出我的疑問,他一邊說,一邊在稿紙上寫上了幾個題目,給我參考,

「我的家庭、我的媽媽、我的爸爸、我的弟弟、我的爺爺、奶奶、外公、外婆、我的學校、我最愛的一堂課、我最喜歡的食物……」怎麼全部都是「我」的題目。

「寫寫你在學校發生的事情，看到的事情。你和Q弟不是每天放學回家就搶著跟媽媽報告今天我們班怎樣怎樣的，把這些事情寫下來，這樣我和媽媽隨時都可以看到你在班上發生什麼有趣的事。試試看吧。」

爸爸留下稿紙，和媽媽進廚房洗碗。

看來這件事情已經決定了，我不能討價還價。我心不甘情不願的收拾茶几上的聯絡簿、寒假作業簿，走進廚房想喝水，正好聽到爸爸媽媽壓低嗓子在說話：「書維很懶散，你讓他自己想題目，我看寫三年也寫不出來，倒是你，你真的不喝泡沫奶茶嗎？」媽媽一臉不相信的說。

「沒問題，他四處向親戚們暗示他想要遊戲機，我早就提醒爸媽，別

買給他，剛好這次機會，讓他自己努力努力，體驗一分耕耘、一分收穫的意義。至於泡沫奶茶，我就回家喝你自製的冰紅茶吧！」原來爸爸已經斬斷了爺爺買遊戲機給我的希望，看來，我只能自立自強了。

「好，只是寫字嘛，我一定可以的。」我到客廳拿起這疊沉甸甸的稿紙，給自己打氣加油，腦海中浮現了學校大門、警衛室，以及每天早、晚站在穿堂微笑看著學生上學放學的校長身影。

① 咖哩小子柯瑞：（Stephen Cruuy）美國職籃選手。

② 大谷翔平：來自日本的美國職棒選手，是能投能打雙修兼備的二刀流選手，記者與球評稱投球的是投手大谷，打擊時是野手翔平。是2021年美國職棒美國聯盟最有價值球員獎MVP獲獎者。

# 我的狂想

約定

青春日光狂想曲 24

行動開始

我坐在書桌前，盯著這一張稿紙已經十分鐘了，連題目都還沒寫上去。

雖然爸爸給我一些題目範本，但是那些題目從一年級提早寫作課開始，已經寫過好多次了。我決定找我的智囊團幫忙。

到了學校，我告訴林家恩和李宏銘有關和爸爸的「寫作文換遊戲機」的約定，但是我還想不出寫作主題。林家恩和李宏銘一聽到遊戲機非常興奮，他們也想玩運動環以及各種打魔鬼過關遊戲，兩個人都拍胸脯保證一定幫我想出三十個題目。

到了第二節下課時間，我們麻吉三劍客在秘密基地——風雨球場旁的第一棵大榕樹下集合，李宏銘從口袋裡拿出一張皺巴巴的計算紙，上面寫著幾個大字。

「這是我想到的題目，我陪你去吃，也可以單獨行動幫你試吃。」果然是李宏銘，社區美食地圖、古早味一日遊、異國料理在哪裡……，全都跟吃有關。

「李宏銘，還沒寫完，我們就變成大胖子了，而且這樣要花很多錢呢！」我搖搖頭，把計算紙塞回李宏銘手中。

「我們每次學校作文課都只寫那麼一點點,這個又不是作業,你爸爸有說每個題目要寫多長才及格嗎?這個有幾個字啊?」林家恩低頭看著我帶來的一張稿紙,認真地算著格子數。

「在這裡有印啦!你看,20X20=400,哇!超多字的。」李宏銘指著稿紙左下方說。

四百字,真的很多。國語課到了寫作文時,級任導師方怡君老師都一再強調「我手寫我口」,但是林家恩和李宏銘一直找我講話,如果把我們說的話寫下來,大概都是在討論社區美食街以及晚上想吃什麼……,所以每次我們都差點來不及,都是潦草快速寫完。

其實,我也不喜歡太認真寫作文,因為方老師都偷偷觀察學生:課文唸得好的王詠芸就代表班上參加演講比賽;講話很大聲的邱佳郁參加朗讀比賽;每篇作文都可以寫到第四頁的陳凌雯當然就是作文比賽囉!而

且他們到了比賽前那幾天,每天都表情凝重,都不笑,我們也不能跟她們開玩笑。我不喜歡變成這樣的人,我喜歡輕鬆開心地和同學說說笑笑度過每一天,所以如果我寫太長的文章,可能就會變成第二個陳凌雯、男生版的陳凌雯。

青春日光狂想曲 30

「王書維,你是班長,常常進教務處、學務處送作業簿或是老師找的,你還都知道所有老師的名字,你一定會聽到辦公室老師們的談話,你寫日光校園不能說的秘密,一定很多人想知道的。不然把自然老師上課說

的笑話寫下來，還是寫邱佳郁每天生氣的原因啊！」

林家恩眼睛看著遠處的辦公室，慢慢說著，我也跟著看過去，看到衛生組長巫家晶老師（我們都叫她巫婆老師）正指揮著幾個學生在掃被風吹到學務處辦公室走廊的樹葉。

李宏銘拿出棒球，和林家恩開始玩投接球，我還在想著林家恩的提議。

我是我們班個子最高的，每

次選班長,老師都說要有男生一人,女生一人分別擔任班長、副班長,邱佳郁每次都第一個舉手,偏偏男生都沒有人自願,這時就會有人提名我,班上有男生十四人,女生十二人,所以我都領先兩票,當選班長。

雖然林家恩的點子不錯，說的也是事實，但是其實我是口風很緊的人。下課時間很寶貴，我都小跑步去辦公室，把老師交代的事情辦好，就趕快到操場打球了；不像邱佳郁，她每次從辦公室回來，一定會說某某老師今天穿花洋裝很美麗、某某老師燙了頭髮、某某老師今天有戴耳環……。我想，方老師比較喜歡叫我跑腿。

我看著風雨球場上油漆剝落的球場界線、在操場跑跳互相追逐，還會大聲尖叫的小朋友、在教室前面小花圃旁跳繩及玩跳房子的一年級學生、看到二樓我們的教室、又看到校園外幾棟住宅大樓以及球場圍籬外的日光溪河堤……。就在這時候，林家恩撿起棒球，說快要打鐘了，招呼我趕快進教室。

進到教室，我拿出數學課本時，想到爸媽看著我和Q弟學偶像團體跳舞的逗趣模樣，開心笑著的情景；想到回家路上看到鄰居陳婆婆被看護

莫妮卡扶著慢慢走路散步。陳婆婆還記得我，清楚地叫著我的名字；想著我家大樓小蓮花池裡悠游的小魚，以及繞著小水池騎著三輪車，開心笑著的小弟弟小妹妹們、他們的爸爸媽媽坐在旁邊石階上閒話家常……。

嗯，沒錯，只要我豎起耳朵、睜大眼睛仔細觀察身旁周遭，把我覺得有趣的、有意義的事情寫下來，我一定可以的。山友會、運動環、遊戲機，等等我，我一定把你們帶回家！

# 我的狂想

行動開始

青春日光狂想曲 36

媽媽喜歡 ㄇㄚ ˙ㄇㄚ ㄒㄧˇ ㄏㄨㄢ
機會教育 ㄐㄧ ㄏㄨㄟˋ ㄐㄧㄠˋ ㄩˋ

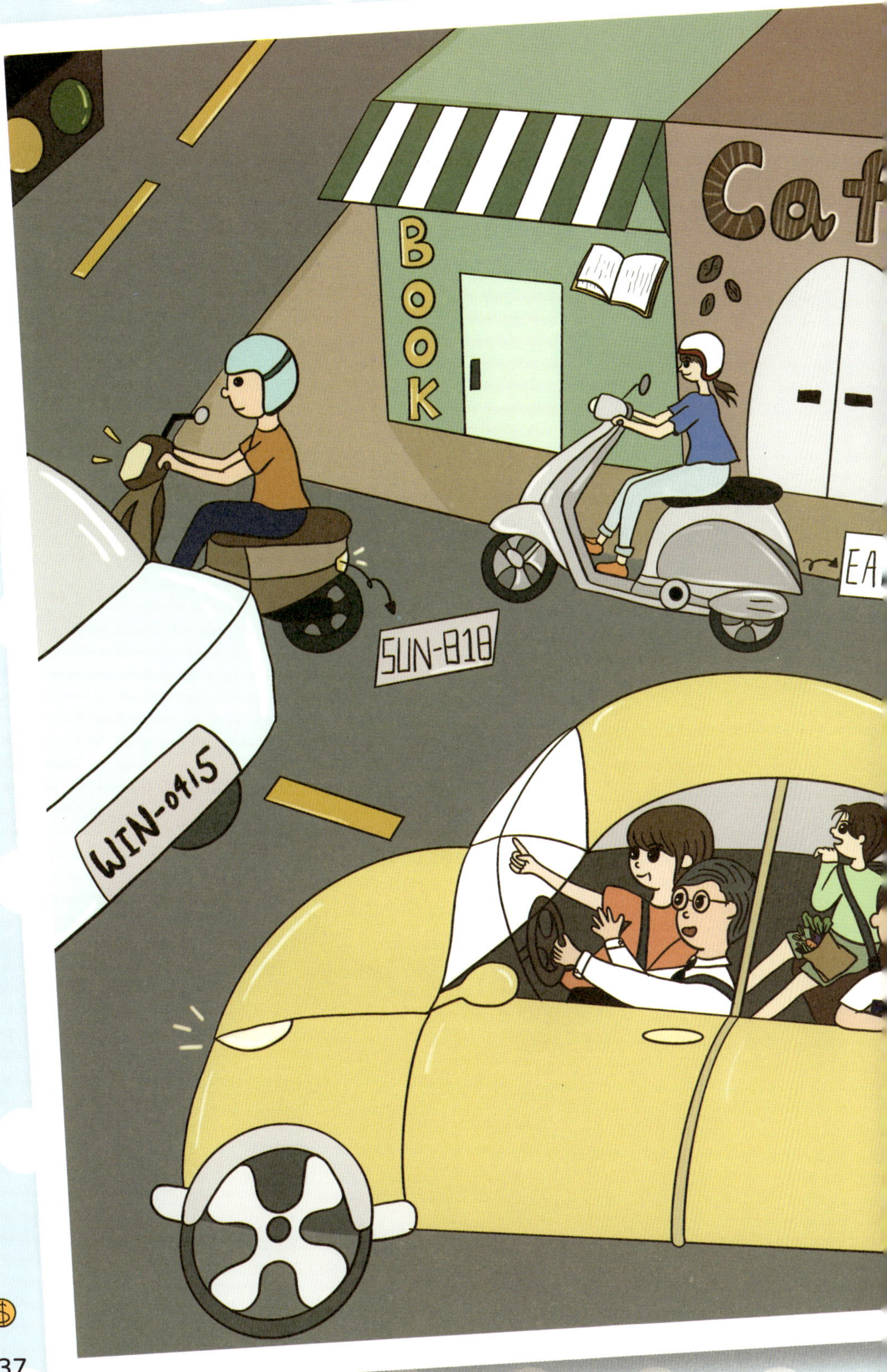
BOOK
Caf
EA
SUN-818
WIN-0415

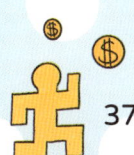

「嗯，這是個不錯的機會教育。」說話的是媽媽，而這句話是她的口頭禪，每天都會出現至少兩次以上。

媽媽是市立高中教務處註冊組的職員，有些新生會以為她是老師，在走廊上遇到她，會敬禮，說老師好。

媽媽的工作內容五花八門：整理學生資料、管理學校大考的各科考卷、寄成績單、接聽家長電話、畢業校友打電話說要申請成績單證明、下課時間也會有學

生來問題、校長開會時候，媽媽就得打好會議記錄……。媽媽說她每天都不停的在講話，所以媽媽隨身都帶著爽喉糖，她最常喝的飲料是膨大海以及金桔茶。媽媽常跟外婆說她下班後至少有一個小時不想說話，我想可能因為媽媽在學校工作，所以她下班後就只想當我和Q弟的媽媽。

星期五、星期六的晚上，如果爸爸不上班，我們全家就會開車去百貨公司吃晚餐，媽媽偶爾也會答應

讓我和Q弟去玩頂樓的遊樂設施。去百貨公司的路途上是媽媽的機會教育時間。停紅綠燈時，媽媽把前面車子的車牌號碼當作考題，Q弟這學期開始學百位數的唸法，所以他的考題就是開始唸機車車牌號碼…「631是六百三十一，498是四百九十八。」

大約五個路口後，Q弟開始練習橫式算式加法…「829是8+2+9，等於19。」

如果路口剛好有電子廣告，Q弟就會大聲唸著跑馬燈的字…「…酒、駕、或、拒、測、2、次、以、上、公、布、其、姓、名、照、片、及、違、法、事、實，媽媽，跑馬燈的速度好慢喔，最、新、酒、駕、罰、則、再、加、重……。」

Q弟的機會教育是數學課及國語課，我的則是英語課，我得把汽車車牌號碼當成數字用英語唸出來，練習幾千、幾百、幾十幾的唸法。媽媽偶爾會問我商店招牌上的英語怎麼唸，甚至要我中翻英，幾乎每一次都會考我餐廳的英語是什麼。雖然爸爸覺得我們有點吵，讓他不能聽音樂、聽新聞，但他還是會幫媽媽確定我們有沒有答對。只要我們很認真的練習，媽媽就會讓我們多吃一份冰淇淋、甜點，或是多玩

一次碰碰車。

媽媽每晚都要按著計算機寫家計簿，整理統一發票是媽媽的另一個機會教育訓練，以前是我的任務，Q弟升上二年級後就由他負責。星期天晚上，媽媽把這個星期我們家的發票交給Q弟，讓他依照發票號碼末三碼的大小依序排好。Q弟把發票放在茶几上，不讓我們靠近，也不讓我們吹電扇，排好這些發票順序後，還要再逐一插入之前整理好的發票夾裡，所以有兩次排序練習。媽媽說這樣開獎時候，就可以很容易核對是否中六獎兩百元。Q弟排好順序後，還雙手握著一整夾發票放在額頭上，口中唸著：「請讓我們中獎、請讓我們中獎」後，才交給媽媽。看到Q弟認真的模樣，絕對比我當年還要加倍投入，但我的感想是「要中獎很困難」。

週日到黃昏市場買菜，認識各種蔬菜水果，也是媽媽的機會教育課程

之一：一定要能分辨蔥、韭菜及大蒜。配合Q弟的程度，我又得複習區分類似的食材，例如：菇菇家族的香菇、蘑菇、舞菇、猴頭菇、雪白菇、鴻喜菇……，葉菜類的甜波菜、豆苗、A菜、小白菜、小松菜……。通常那天媽媽認識了什麼菜，接下來幾天媽媽就會煮這些食材。媽媽說不只要知道食材的原貌，立刻看到烹煮後的樣貌及品嘗味道，印象就會深刻。

媽媽說不能讓我和Q弟變成媽寶、爸寶，她希望我們健康平安長大，以後到外

地讀書或工作時能好好照顧自己,所以現在她教的都是生活自理的能力。

在媽媽的「堅持」下,我現在會洗米煮飯,也會煎荷包蛋,Q弟會幫忙打蛋。

我希望媽媽不要太辛苦,不要一直出題目考我,能多說些她上小學時候的故事給我聽。可是,這樣,媽媽又要多說話了,唉,好為難!

# 我的狂想

青春日光狂想曲 46

教ㄐㄧㄠˋ 發ㄈㄚ 處ㄔㄨˋ 報ㄅㄠˋ 告ㄍㄠˋ

47

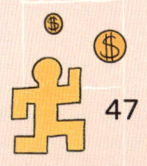

我們學校到處都有擴音器大喇叭，操場四周、風雨球場以及穿堂上都看得到。教室裡的擴音器就掛在黑板左上方，有點歪歪斜斜的一個灰色小盒子，正面包覆著一層網子。我記得第一天上小學時就被這個灰盒子嚇了一跳，因為那段提醒樂「叮咚叮咚」實在太大聲了。

每次下課時間一到，沒等到十六聲的鐘聲響完，我的麻吉好友林家恩早就拿著棒球往外衝，李宏銘則是往廁所方向狂奔。身為班長的我，可不能擅離座位，輕舉妄動，我總是豎起耳朵，因為我可能在這時候要被交付重責大任了，果然，擴音器傳出「叮咚叮咚」：

「教務處報告！教務處報告！五年甲班班長到教務處找張主任。」張主任幾乎每節下課都是第一個廣播找學生交代事項。

「六年甲班學藝股長請把社會報告交給林欣儒老師。」即將畢業的學長學姐每天都很忙碌，每天都有幹部到辦公室。

我把桌上的數學課本放進抽屜裡時，廣播提醒樂又響起「叮咚叮咚」：

「四年乙班班長請把表演歌曲調查表送到音樂老師桌上。」

一聽到這個呼喚我的聲音，我趕緊把一早收齊的一疊調查單送到科任老師辦公室。進辦公室前一定要大喊一聲「報告」，黃老師的辦公桌在

最角落裡，老師不在位子上，我把調查表放在桌子正中央，再用右邊的小白兔造型 memo 夾壓在上面，才離開辦公室，到操場找林家恩玩投接球。

※　※　※

「保健室報告，請三年甲班下一節課到保健室量身高體重。」耳朵聽到輕柔的聲音，是保健室護理師阿姨的廣播通知。開學後的前幾天，是保健室護理師阿姨最忙碌的日子，全校學生要到保健室量身高體重，看看我們這個學期又長高了幾公分，校長也很關心老師們的健康，所以他要求老師們也要量身高體重以及量血壓。

上學期新來的護理師陳阿姨，是我認識最保護個人資料的大人了，她也掌握了全校每個人的祕密檔案。輪到我們班量身高體重那天，我們在走廊排隊，依照學號一個個進保健室，她輕言細語的一邊告訴每個人的

身高體重，一邊用鋼筆把資料填進學生資料卡上，不像以前的護理師蔡阿姨，會很大聲的唸出學生的身高體重後，還會說著「有點胖呦、少吃點、長很高唷、你太瘦了，要多吃點……」，所以班上體型最圓滾滾的李宏

銘最討厭量體重了，因為蔡阿姨總是說他「太重了，要運動。」這時候好幾個女生就用手嗚著嘴巴嘻嘻笑，李宏銘則紅著臉大笑三聲。現在換了新護理師，已經沒有人知道李宏銘幾公斤重了。

到了星期五早上的第三堂課下課時，護理師陳阿姨又廣播了，「保健室報告，還沒有量身高體重的老師及學生們，請今天一定要到保健室測量，提醒你，吃過營養午餐後，身高大概不會增加，但是體重可能會增加唷！」

陳阿姨果然很懂人心，第四節上課時，我發現好多老師都走向保健室。

※ ※ ※

莊柏鈞雖然是班上的遲到大王，但總是安安靜靜的，也不會搗蛋找麻煩，那天卻成了校園廣播的最佳男主角，讓大家都嚇一跳。

那天是林家恩和莊柏鈞當值日生，但是莊柏鈞早自修時間還沒出現，

林家恩只好自己倒垃圾、洗抹布。第一節課上課鐘聲響起,莊柏鈞才氣喘吁吁地和級任導師同時抵達,兩個人分別從前門後門進到教室。

林家恩瞪了莊柏鈞一眼,莊柏鈞比了一個對不起的手勢,坐下來專心上課。一到下課時間,還沒等到林家恩審問莊柏鈞,就聽到擴音器的叮咚叮咚聲,

「教務處報告,四年乙班莊柏鈞小朋友請立刻到教務處報到。」咦?莊柏鈞?莊柏鈞從上小學起,今天是第一次被叫到辦公室,班上同學你看我、我看你的,大家都以為聽錯了,直到教務主任又再廣播一次後,大家簇擁著莊柏鈞,像恭喜他中大獎,又像歡送英雄一般,把他推到後門口,不過莊柏鈞卻是神情緊張,

青春旦光狂想曲 54

滿臉愁容，不停地搓著雙手，腳步沉重的往教務處慢慢走去，而這一去竟然到第三節課上了一半，他提著一個袋子，神色輕鬆默默地回到教室。

下課時，大家圍著莊柏鈞，急著想知道事情的來龍去脈，究竟是怎麼一回事，更想知道手提袋裡有什麼東西。原來莊柏鈞上學路上經過社區小公園時，遇到撿資源回收紙箱的王婆婆拉著三輪車，車上堆疊了滿滿的大小紙箱與報紙，沒想到車輪子壓到了幾顆碎石頭，三輪車震了幾下後，紙箱及報紙散了滿地。莊柏鈞顧不得上學已經快要遲到，幫王婆婆撿起紙箱報紙，重新摺疊，還用繩子綁牢固定在車上，在後面扶著紙箱，推著三輪車，一直回到王婆婆家，他才趕緊到學校。

正巧里長伯伯在遠處看到整個情況，所以里長一早就到學校詢問是哪位有愛心的小朋友，因為莊柏鈞常常遲到，警衛伯伯對他印象深刻，就把今天遲到的學生姓名給了里長。里長伯伯向張主任說明這件事情，希

望學校能表揚莊柏鈞。里長伯伯還送給他一個貼著「王廣源里長敬贈」貼紙的LED多功能照明燈。

到了第四節上課鐘響完，緊接著叮咚叮咚聲響起，

「教務處報告，今天早上四年乙班莊柏鈞小朋友協助長輩收拾三輪車掉落物，幫忙長輩回家，愛心表現值得大家學習，莊柏鈞小朋友見義勇

為，是今天的愛心小英雄，請大家掌聲鼓勵。」聽完張主任的廣播，每個班級都響起了掌聲，當然我們班的掌聲最大聲，方老師過來拍拍莊柏鈞的肩膀，我們也跟著過來學老師拍莊柏鈞的肩膀，而莊柏鈞又再次面紅耳赤，露出靦腆的微笑。

※ ※ ※

兒童節清明節連假前的星期五，午休結束鈴聲響起後，廣播喇叭傳出叮咚叮咚聲，

「校長室報告，各位小朋友，慶祝兒童節，校長在此宣布，今天下午的第五節，上課時間與下課時間對調，所以，等一下第五節只有十分鐘，一點四十分下課，第六節課還是兩點二十分上課，祝小朋友們兒童節快樂。再重複一次⋯⋯」

什麼？！這時候每間教室響起了尖叫聲、歡呼聲、拍手聲，還有人大

聲喊著「校長萬歲、校長我愛你」。

「怎麼了，發生什麼事了？」被超大聲量吵醒的林家恩擦擦熟睡後流著口水的嘴角，揉著惺忪雙眼，一臉驚訝的問我，一向冷靜的我，這時候也忍不住拉著林家恩的手，上下跳躍著，大聲喊著：

「就是兒童節快樂啦！」

# 我的狂想

青春日光狂想曲 60

# 大河的聲音

61

「同學們在日光溪畔聽到什麼聲音呢？看過哪些動植物呢？」這一節是自然與生活科技課，夏崇倫老師解說了昆蟲的成長變化後，要我們三到四人一組，討論十分鐘，以日光溪的生態環境為題寫簡單報告，當作今天的作業。我們麻吉三劍客當然一起討論，因為林家恩很懂昆蟲植物，而且我們常常到河堤玩耍、騎腳踏車，所以很快地就寫完報告了。邱佳郁那一組有點陷入困境，好幾個女生約好星期六要去日光溪邊現場探勘。我想全校的老師一定都

串通好了！他們上課時好喜歡提到日光溪！我們導師也是。學期剛開始的社會課，老師就講過日光溪與日光里的變化及發展；數學課時老師教長度單位公里、公尺、公分的計算時，就用日光溪河堤舉例說明：「從日光橋到涼亭有幾公尺？要走幾步？」這學期還要學時間的換算，一定會有：「十二點四十分從校門口走到日光橋，共走了二十五分鐘，請問抵達時間是幾點幾分」這類題目。我想只要我繼續讀日光小學，以後一定還會有很多以日光溪為題的作業。

學校外圍有日光溪蜿蜒向西流向大海，距離出海口大約十公里。從我家客廳陽台可以看到一點點日光溪；在後陽台則看到我的學校及遠方的大樹公園。剛搬來時，媽媽常跟我說這條溪的歷史故事。這個區域在最近幾年快速發展起來，附近蓋了好多大樓，變得好熱鬧，白天總是聽到工地蓋房子、打地樁的聲音。

大河的聲音

日光溪每天都有不同的樣貌：有時水位很高，有時水位很低；可以看到消波塊時，就會聽到水流的聲音；偶爾還會整條溪水都是黑色，飄出臭味。不過大部分時候它都是緩慢的流動。天氣突然變熱時，河水上會有很多浮萍；秋冬時水位很低，腳好細的白鷺鷥到此飛翔覓食，我每次想慢慢地靠近牠們，牠們卻迅速飛走。最常看到小小的黑色小水鴨呱呱叫著幾聲，游啊游的在水面上游出個V字水紋。溪水清澈時候我還看過一隻大烏龜在游泳，另外一隻小烏龜在水中央石頭上伸長脖子曬太陽。

河堤走道旁是一大片草地斜坡，再上面是紅磚人行道及馬路，紅磚人行道兩旁種滿了樹，有雞蛋花、木棉花、蓮葉桐、阿勃勒、鳳凰花，還有很多美人樹，四季都看得到不同顏色的花。我覺得開滿花朵的美人樹很美麗，但這陣子美人樹花謝了，光禿禿的樹上掛著大顆的果實，很像台灣土芒果，有的果實已經裂開，裡面的棉絮四處飛舞飄散，接下來就

會長出濃密的綠葉,讓民眾在夏日好遮涼。因為有樹有花有草地,夏老師上課教的很多昆蟲我們都看過:蝴蝶、蜜蜂、麻雀、白頭翁、八哥都是常客,王廣源里長在這邊釘了好幾塊警告牌子,提醒有虎頭蜂窩及蛇類出沒,請民眾小心注意。最近晚上我都聽到夜鷹的叫聲,久久「嘎」的一聲,有點吵。

從日光橋到學校旁的河堤大約有兩公里,每兩百公尺就有告示牌標示距離1K200M、1K400M……。靠近日光橋這邊的斜坡草皮,偶爾有小型的社區草地音樂活動。每年農曆年前一個月,會有很多人全身包緊緊地,在這裡種各種草花,五彩石竹、不同顏色的波斯菊、還有向日葵,他們還鋪設花間石頭小徑,讓民眾從不同路徑賞花;又用抽水馬達從日光溪抽溪水澆花,自動灑水器啟動澆花時,從水霧中常常可以看到彩虹顏色。來日光溪畔遛狗的人很多,狗狗看不懂灑水時間的告示牌,在花叢裡跑來跑去追著蝴蝶蜜蜂大聲叫,又淋得一身濕,很可愛。從農曆年到四月初,花朵陸續綻放,爭奇鬥艷,

大家來散步看花、吹吹風，不管是拍花朵的照片，或是和花海合照，真是件美麗的事情。不過，現在天氣熱了，草花逐漸乾枯又雜草叢生，呈現田野自然的風貌。

當然，不是所有人都喜歡聽蟲鳴鳥叫、風聲、雨聲、以及潺潺流水大自然的聲音，有人喜歡一邊走路一邊講電話；有些長輩三三兩兩作伴走路閒話家常。我最常聽到的是講兒子女兒媳婦的事情；有的人拿著手機或是小收音機在聽新聞、政論節目或是台語歌曲，還把音量開得很大聲；比較年輕的哥哥姊姊們聽的是輕快的舞曲，剛好配合他們跑步的節奏；

當然也有很多人戴著耳機,雖然我真想知道他們在聽什麼,但是爸爸說應該要戴耳機尊重其他人「聽的權利」,別人或許不想聽到音樂或是新

聞；我常遇到一位長頭髮阿姨，騎著腳踏車至少來回十趟，她都大聲唱歌，爸爸說她都唱三十幾年的流行歌曲，周華健、張信哲、蘇芮的歌曲。

在河堤總能聽到輪子滑動的聲音，因為這裡是大小輪子車車的展示場，嬰兒推車、幼兒的三輪車、滑板、各種滑板車、滑步車、直排輪、大大小小的腳踏車以及電動自行車……。週末黃昏時候，來日光溪畔散步運動的人比平日還要多，而且常常是全家出動！偶爾有小孩放風箏，就算大人技術指導，大家來回跑著，風箏也飛不上去。如果無人機出現時，我們這些小孩子都會很興奮，我們會先找玩無人機的人躲在哪裡，原來他站在大樹下操縱。我們最喜歡看無人機緊貼著河面飛翔，好像表演特技一樣。

雖然有告示牌寫著禁止垂釣，但是還是很多人拿著釣竿在甩竿釣魚，不過我從來沒看過他們釣到魚，我想他們只是來訓練甩竿臂力吧！

大河的聲音

青春日光狂想曲 70

我很喜歡日光溪,覺得住在這裡真幸福,也希望有更多人來河堤運動、玩耍聊天,聽大自然的旋律,接近大自然,永遠開心。

# 我的狂想

青春日光狂想曲 72

未來的同班同學

73

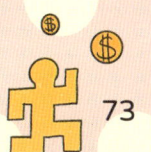

星期五下午，有點昏昏欲睡的時間，又帶著期待週末時刻到來的興奮感。但是方老師在國語寫作課發給每個人兩張稿紙，這次的題目是「介紹我的好朋友」，要我們從現在的班級同學中男生選兩個，女生選兩個，想像著我們是五年級時候的好朋友，寫一篇介紹的文章。

方老師提醒我們要寫出對方的優點、專長、特色或是讓你羨慕，但卻是你自己沒有的特質。

「例如，你這位好朋友很有口福，除了很能享受美食外，還擁有辨識料理中添加的食材與調味料的神奇能力，所以立志要當廚師；小小年紀就有了志向，值得你學習；而且跟著他一定都可以吃到美味料理。」大家都知道老師說的是李宏銘，引起哄堂大笑。

方老師說的沒錯，因為李宏銘吃營養午餐時，總要先來上一段儀式，

「你看！這道菜裡有馬鈴薯、蘋果、紅蘿蔔、洋蔥、蔥、雞肉、黑

胡椒。讓我吃一口，嗯……，裡面加了鹽、糖、辛香料咖哩粉、當然還有水……，嗯……，好吃！大家請開動。」

老師解說後，大家你看我、我看你，竊竊私語著，都說好困難。我環顧四周，如果不能介紹麻吉三劍客的林家恩和李宏銘，我希望誰能當我五年級時候的新麻吉呢？而且還要寫兩位女生！連我也被考倒。

身為班長，我必須知道每位同學的基本資料，像是座號、分配的打掃工作、每個人座位的前後左右鄰居是誰，我也要記得清清楚楚；愛講話的、不愛講話的、愛運動的、不愛運動的……，這些細節我都知道。

75 未來的同班同學

我先想到的是戴著近視眼鏡,坐在第一排的顏秉喬,上次作文課題目「我崇拜的偶像」,他的作品被老師選為優秀作文,還請他唸文章。顏秉喬寫他的偶像是蜘蛛人,不是漫畫或是電影中的蜘蛛人,是他的爸爸。原來顏爸爸是家電行老闆,也是安裝冷氣設備的師傅,他看過爸爸穿戴上安全配備,在好幾樓高的窗戶圍柵裡工作,就像蜘蛛人一樣。他唸著唸著,竟然流下眼淚哽咽的唸完文章。我覺得他真情流露,又尊敬自己的爸爸,我想我也應該更尊敬我的爸爸,謝謝爸爸辛苦工作賺錢。

此外,我希望能和張歆宇當好朋友,他是四年級跑得最快

的男生。上體育課是他最開心的時候，因為不管是打球賽跑、還是跳高跳遠，樣樣都難不倒他，練習大隊接力時只要跟他同隊，一定得冠軍。

至於女同學，還真是個大難題。我想，我還是希望能再和邱佳郁同班，因為她非常熱心公益，雖然她很喜歡大聲地叫大家不要講話，還把講話的人名字記在黑板上，我也常常被她記名字。但是我們班在每個星期的整潔比賽、秩序比賽上常常可以得到優良錦旗，我覺得都是她督促管理的功勞，她實在比我更適合當班長。

丁苡安很厲害，她很會彈鋼琴，音樂課下課前黃老師會請她彈鋼琴讓我們欣賞音樂。她坐在我的左前方，我覺得她上課時都不大專心，因為她常常把手放在抽屜裡彈空氣鋼琴，也常常壓手指頭關節，她說那是種訓練，讓手指頭弄開一點可以彈八度音程。她從四歲開始上團體音樂班，以後要去考市立國中的音樂實驗班，所以現在都很認真練習。我希望以

後的音樂課還可以聽到她彈的優美的樂章。

放學時，林家恩、李宏銘和我步伐遲緩地走向校門。雖然還是打打鬧鬧問著作文寫誰的名字，但是我們都在想同一件事情：因為方老師告訴大家，升上五年級時，我們又要重新電腦編班，加上這兩年日光里的居民增加不少，會有轉學生，所以五年級有可能會有三個班級。雖然可以認識新同學、新朋友是件好事，但是也表示我們麻吉三劍客可能不會再同班。我想，我要更珍惜這學期相處的時光。

星期一一早上，我才剛走上二樓，就聽到從我們教室裡傳出一陣陣歡笑聲，我小跑步進教室，看到大家全擠

在教室後面的佈告欄，怎麼貼滿了作文影印本，是「介紹我的好朋友」！

我快速掃描，每個人都有成為別人未來的好朋友，果然李宏銘最受歡迎，大家都覺得他的餐前解說很精采。

上課鐘響，方老師帶著微笑走進教室，大家你一言、我一語的向方老師抗議怎麼可以公布文章，方老師摸摸頭，露出一看就知道是假裝驚訝的表情：

「咦！我沒說要公布嗎？我記得我有說呀！大家都寫得很真誠很有趣，老師我可是上個星期五就把作文簿改完了，昨天還來學校影印作文貼起來的……。」

青春日光狂想曲 80

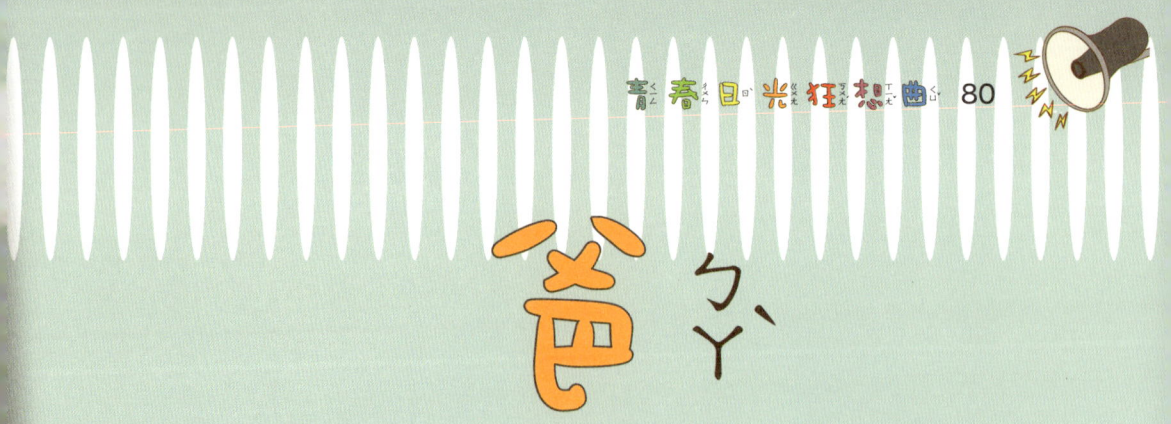

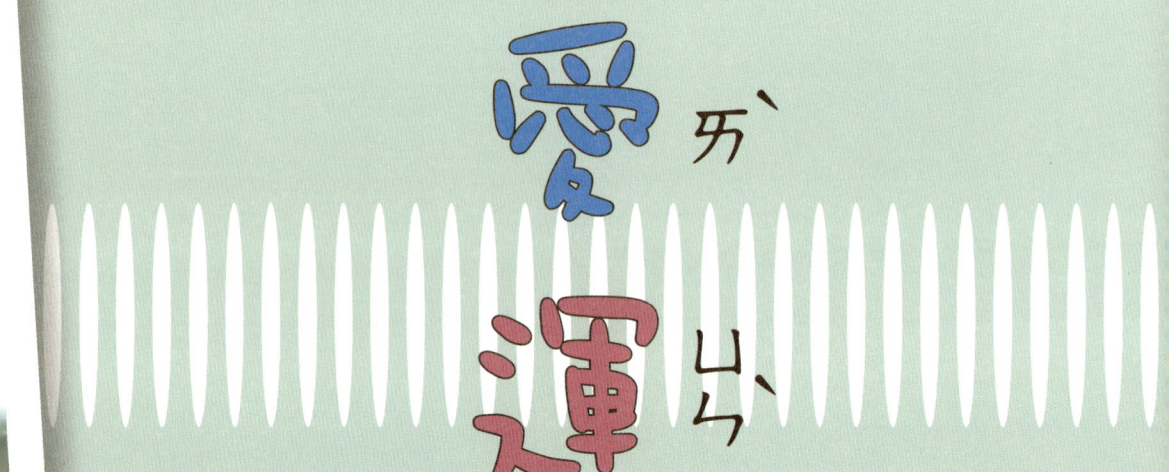

# 爸爸愛運動

81

我和Q弟最喜歡回爺爺奶奶、外公外婆家過農曆年了！因為不必寫功課，可以晚睡晚起，還可以吃到奶奶及外婆的拿手菜，每天都是山珍海味，三餐加宵夜，零食飲料更是沒停過。所以短短幾天不只我和Q弟胖了，連爸爸的BMI①也直線上升直逼27。媽媽給爸爸下了最後通牒！

「你的膽固醇有點高，又不運動，整天看電視滑手機的，我實在擔心你的健康，你比我小三歲，身體健康卻比我差，這樣不行，明天開始，你有空就到日光河堤慢跑，週末時讓兒子們陪你運動。」

媽媽在學校有參加教職員工的運動社團，她跟同事會在學校操場走五圈後才回家，還常常說現在女性比男性長壽，所以她很擔心爸爸的身體狀況。

媽媽的擔心一點也沒錯，因為爸爸工作時間是輪班制，生活作息常常和我們不一樣，他上大夜班回到家是早上八點，吃完早餐就會倒頭睡覺

爸爸常說他很愛運動，我覺得他是「愛看別人運動，自己卻不運動」，因為舉凡中華職棒、臺灣職籃、美國職棒、美國職籃、歐霸足球聯賽、自由車比賽……，他是來者不拒。從東京奧運到北京冬奧，比賽期間就看到爸爸坐在沙發上，拿著遙控器，不停的切換頻道，看實況轉播；下班後還會看錄影重播，爸爸和鄰居仕傑叔叔會討論這些運動賽事，但是，他們都不運動！

現在媽媽要求爸爸養成運動的習慣，所以只要爸爸不上大夜班的週末下午，我和Q弟就會和爸爸一起到日光溪河堤運動，其實媽媽是希望我們能監督爸爸有沒有認真運動。

補眠到下午。

我們騎著腳踏車。爸爸通常在河堤來回騎上兩趟，就會換我騎，他就坐在石階上滑手機。我覺得我小時候的爸爸比較有趣，他會把落葉往空中一拋，讓我看葉片飄落的樣子，跟我比賽誰能抓到葉子，但是爸爸從來沒和Q弟玩這個遊戲，反而是我陪Q弟玩抓樹葉的遊戲。

我向爸爸說這件事，他聳聳肩說：「這樣啊！那麼我們父子三人找個運動項目來玩玩吧！這樣就有共同的回憶，一定是段美好的回憶。」

剛好電視台轉播在世界不同城市舉辦的BWF世界羽球巡迴賽，爸爸立刻決定：「我們也來打羽毛球吧！」爸爸向同事借了兩支球拍，買了

隔了兩個星期，爸爸看了錄影重播的WTT桌球比賽後，他又野心勃勃地說要訓練我和Q弟成為小林同學②的接班人。這次他買了球拍、乒乓球、還有球網。吃完晚飯後，爸爸很快速的把碗盤收到廚房流理台，又把平常放在餐桌上的雜誌、報紙、面紙盒拿到客廳茶几上，在餐桌上架起了球網，把克難桌球桌佈置完成，我們就在餐桌上

兩顆羽毛球，帶我和Q弟到日光里民活動中心廣場打羽毛球。結果風太大，我們都打不到球，一直撿球，不到半小時，爸爸早就汗流浹背。感謝Q弟喊的「好累」拯救了大家。回家路上，爸爸就順道把羽毛球拍還給同事。

打起乒乓球了。媽媽也和我們一起打桌球，我們不僅有單打，還可以練習雙打。可惜好景不常，樓下鄰居抗議爸爸殺球時的跺腳以及贏球時候的吆喝聲影響安寧，我們家的桌球特訓班只持續一個星期，就不得不宣告暫停。

就這樣，在爸爸還沒有找到新的運動嗜好之前，我們又回到最經濟實惠的運動方式，那就是：在日光溪河堤騎腳踏車、慢跑、健行囉！

---

① BMI：Body Mass Index，身體質量指數，用來衡量肥胖程度，計算公式是以體重（公斤）除以身高（公尺）的平方。

② 小林同學：桌球國手林昀儒，出戰2021東京奧運時，電視台主播對他的暱稱。

# 我的狂想

青春日光狂想曲 88

寶ㄅㄠˇ
寶ㄅㄠ˙
爬ㄆㄚˊ
行ㄒㄧㄥˊ
奥ㄠˋ
運ㄩㄣˋ
會ㄏㄨㄟˋ

寶寶爬爬樂比賽

住在六樓的仕傑叔叔夫妻是我們家的常客。叔叔是爸爸的同事,儀甄阿姨總是和媽媽討論食譜,研究哪家量販店有便宜商品。去年儀甄阿姨生了寶寶後,就常常請教媽媽育兒經。媽媽翻箱倒篋的翻出不少我和Q弟的舊衣服給小洋軒,說小嬰兒一下子就長大了,不用花大錢買太多衣服。

有一晚我在客廳玩著遙控小警車,媽媽要我幫她拿幾道小菜送到儀甄阿姨家。一進門,就看到叔叔趴在地上一邊搖晃著小獅子玩偶,一邊叫著小洋軒,從客廳到房間門口鋪著五顏六色的塑膠墊,小洋軒在房門口那頭坐著吃大拇指。

原來,洋軒寶寶要參加區公所舉辦的寶寶爬爬樂比賽,比賽前一天小洋軒剛好符合參賽資格(滿九個月),這可是寶寶們的奧運會哩!所以這幾天小洋軒正進行密集訓練,我覺得儀甄阿姨應該把長長的公共走廊

布置成爬爬樂走道，這樣小洋軒可以提早適應場地，直直地爬個夠。

不管仕傑叔叔怎麼呼喊，兒子就是不看他一眼，心灰意冷之下，他看到我帶著遙控車，要我玩一下遙控車。果然小車吸引了洋軒的注意力，他慢慢的爬向小警車。

仕傑叔叔當場提出請求，希望能繼續借用我的小警車訓練小洋軒爬行，同時也請我在比賽那天幫忙，充當加油團。媽媽覺得這是讓我增廣見聞的好機會，欣然同意。

就這樣,終於到了比賽那天,我幫忙提著小洋軒出門必備的配備大包,跟在叔叔阿姨的後面,走進區公所大禮堂。禮堂正中央地上鋪著黃色、粉紅色及淺藍色塑膠地墊,用顏色區隔出寶寶爬行的跑道。場內亂哄哄,擠滿了爸爸媽媽,他們推著娃娃車,抱著或揹著一個個流著口水、吃著自己手指頭、發出咿咿牙牙聲音的小娃兒,旁邊還跟著背著大包小包,前來加油的阿公、阿嬤、哥哥、姊姊組成的親友團,每個小寶寶的隨從左右護法真多,陣仗都很大。

我們順利的完成報到手續,服務人員給仕

傑叔叔一張比賽說明書，叔叔快速掃描後就塞進褲袋裡。我看牆上的賽程表，一共有80位小幼兒參加，分八組比賽，叔叔快速一人在起點抱著，比賽開始時就讓寶寶自己爬行，計時一分鐘，爬行距離十公尺，過程中如果寶寶站起來或是行走就視為棄權。比賽是人人有獎，參賽紀念品是一大罐嬰兒用濕紙巾，每組冠軍可以獲得獎品尿布60片裝一包，另外再依照計時，送爬得最快的三位寶寶童裝禮盒，可以說是獎品豐富。

小洋軒是第二組的選手，由儀甄阿姨抱著，小傢伙好奇地看著四周又抬頭看看天花板，比賽規定只能有兩位家人在終點線旁擔任呼叫加油團，所以我和叔叔都在終點線這邊。比賽哨音響起後，場內就響起震耳欲聾的呼叫聲，終點線這邊的爸爸媽媽們有的舉起玩具熊、有的搖鈴鼓、敲小鼓，或是上下甩動紅色大外套又叫又跳的，喊得聲嘶力竭，希望吸引對面寶貝們的注意。

93　寶寶爬行運動會

「睿睿，爸爸在這裡，快過來。」

「柔柔，媽媽在這邊，來來來。」

「Billy, Billy, come here.」哇，連老外寶寶都報名參加呢！

仕傑叔叔和我在終點線大聲呼叫小洋軒，小洋軒回頭看看儀甄阿姨，又看看左邊的小嬰兒，好不容易終於把雙手伸向塑膠地墊上，翹起包著尿布的屁股，往前爬了兩步後，又重重地坐下，把手指頭伸進小嘴裡。

在小洋軒左邊的小女娃緊抱著媽媽大聲哭了起來，而右邊頭髮濃密的男娃睜大雙眼，右手拍著地墊開心地叫著。一時間，跟第一組比賽一樣的情景：所有小奶娃幾乎都在原地不動。

只見仕傑叔叔從手提袋裡拿出了遙控小警車，放進了塑膠墊圍籬內，讓紅色小車車在場內，先是快速前進後退，之後就左右移動，還發出「歐伊歐伊」鳴笛聲，所有比賽中的寶寶以及場外備戰的寶寶們都注意到這

輛小警車了！八位參賽寶寶果然往前推進，不！是往小警車推進，在警車開道下，寶寶們努力向前爬，好幾位寶寶甚至偏離他的「爬道」。而位在第五跑道的小洋軒則是奮勇向前，把其他選手甩在後頭，拉開距離，迅速爬到終點線了！仕傑叔叔開心又得意的抱起了最新出爐的分組冠軍寶寶。

就在這時候，場內響起震耳的哨子聲，戴著紅色大鼻子，體型圓滾滾的小丑叔叔主持人揮著他的大手，氣急敗壞的跳進了場中央，

「比賽不算，比賽不算，因為有家長放了玩具鬧場，這場成績不算。」

主持人這席話引起了家長們熱議，罪魁禍首的仕傑叔叔爭辯比賽規則中有提到可以用物品或聲音吸引寶寶，幫助他們爬行，但是沒有規定不

能放到比賽場中，所以他不算犯規。其他家長也贊同仕傑叔叔，第一組的家長們甚至認為主辦單位的活動宗旨精神應該是鼓勵寶寶爬行的成果，而不是只看到寶寶們坐在原地的「笑果」。

經過五分鐘的討論後，小丑叔叔主持人說要到角落給主辦單位及他的長官打通電話，他用手遮住話筒說了一長串話後，就看他一直點頭、彎

腰敬禮，不停說著「是、是、是」。終於他掛上電話，雙手比成圓圈，再次拿起麥克風，開心的宣布：「感謝各位小小選手、爸爸媽媽們，以及親友加油團的耐心等候，主辦單位同意可以有誘導爬行物協助，但是為了安全，只能有一個玩具協助，我們統一只使用剛剛這輛紅色小汽車，第二組成績列入紀錄，第一組重新比賽，現在休息五分鐘，整理場地後，恢復比賽。」

聽到這樣的結果，現場響起歡呼聲與掌聲，爸爸媽媽們看著彼此點頭稱讚。

小丑叔叔過來跟仕傑叔叔借遙控小汽車，仕傑叔叔說這是我的玩具，得問問我，而且我們已經要回家了，不能久留。我猶豫了一下，告訴兩位叔叔，我也希望能夠幫忙，但是遙控小汽車是爺爺送我的禮物，我很喜歡，又很擔心會故障。小丑叔叔再三保證會小心使用，比賽後再寄回

97　寶寶爬行運動會

來還我，所以我留下家裡地址及連絡電話後，把遙控小警車交給小丑叔叔。

我們又看了兩場比賽才離開。果然，在鳴笛小警車吸引下，寶寶們往前爬行，有快有慢的完成比賽。

今天和很多奶娃兒進行交流，也見到大場面，辛苦出賽的小洋軒早已累歪，一坐上安全座椅，車子還沒開出區公所地下停車場，他就歪著頭

睡著了。叔叔和阿姨還興致高昂，津津有味的回顧剛剛小洋軒爬行的逗趣模樣，說今天是牛刀小試，接下來還要挑戰各家百貨公司的爬爬樂比賽，畢竟小寶寶一旦會站、會走路，就不大願意一直爬行。叔叔說就像入圍金馬獎的新進藝人獎一樣，參加爬爬樂比賽也只能有這麼一次機會。

我覺得仕傑叔叔和儀甄阿姨大概以為自己是星爸星媽了吧！我微笑附和著叔叔阿姨的談話，看著左手邊熟睡的小洋軒紅潤的臉頰，內心牽掛著我的遙控小警車。

一星期後的星期五晚上，我從美語班下課回家，媽媽正在廚房炒菜，她指指沙發上的紙箱說：「區公所寄給你的，應該是上次的遙控汽車，終於寄回來了，你可以放心了。」

可是這個箱子好大呀，我的小警車加上遙控器不可能這麼大包呀！我用美工刀劃開膠帶，打開紙箱，「哇！」我大聲叫，媽媽聽到我的尖叫聲，

趕緊過來看看發生了什麼事。

「媽媽，妳看！妳看！小丑叔叔主持人給我的字條，他說謝謝我，除了還我小警車外，他還送我一組軌道火車耶！哇！小丑叔叔好帥呀！」

我的狂想

青春日光狂想曲 102

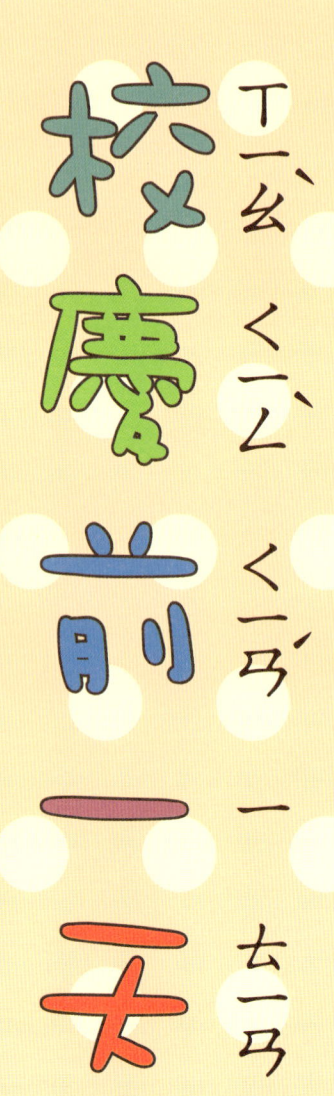

# 校慶前一天

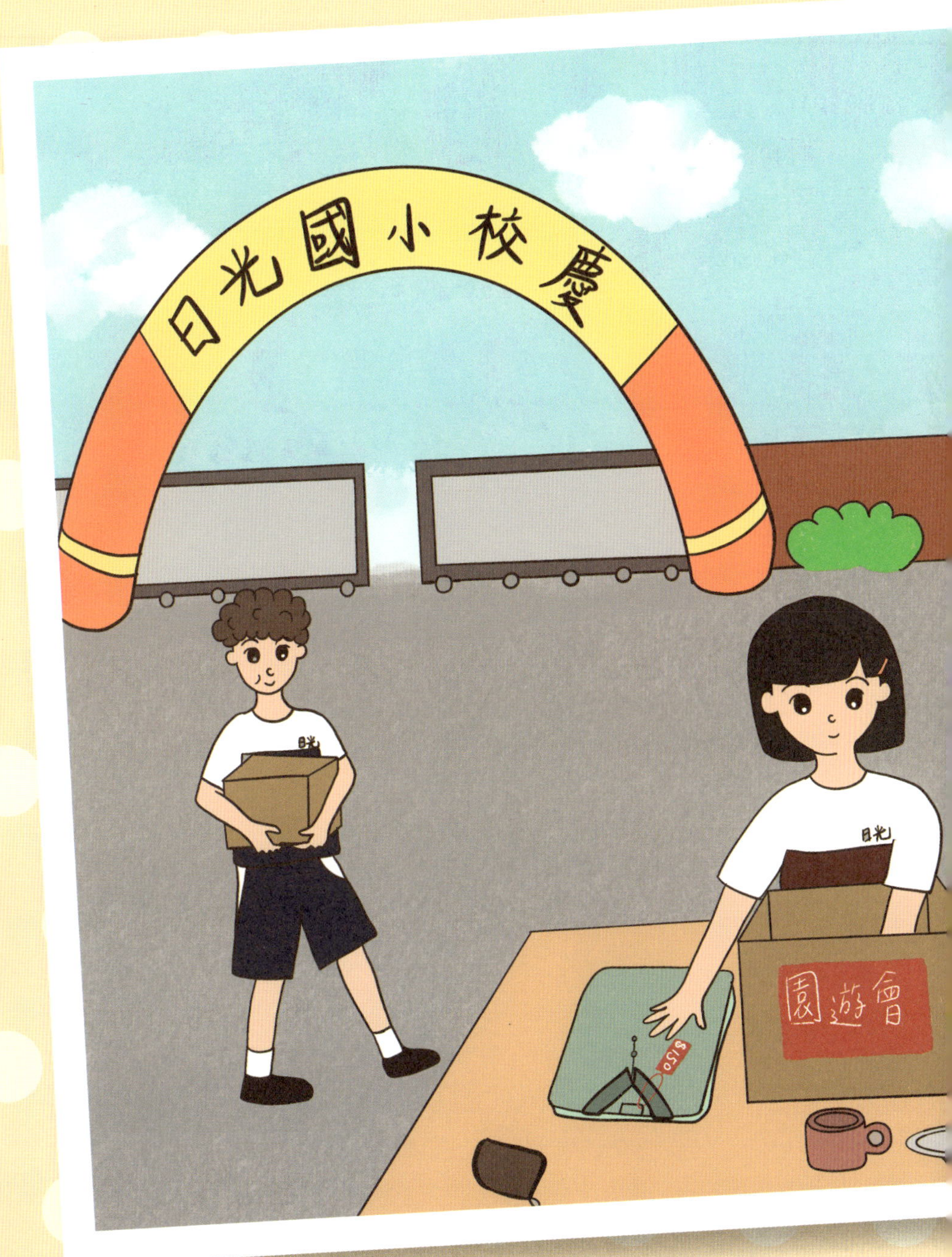
日光國小校慶
日光
日光
園遊會
$150

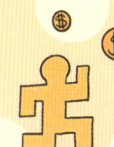

# 日光國小校慶

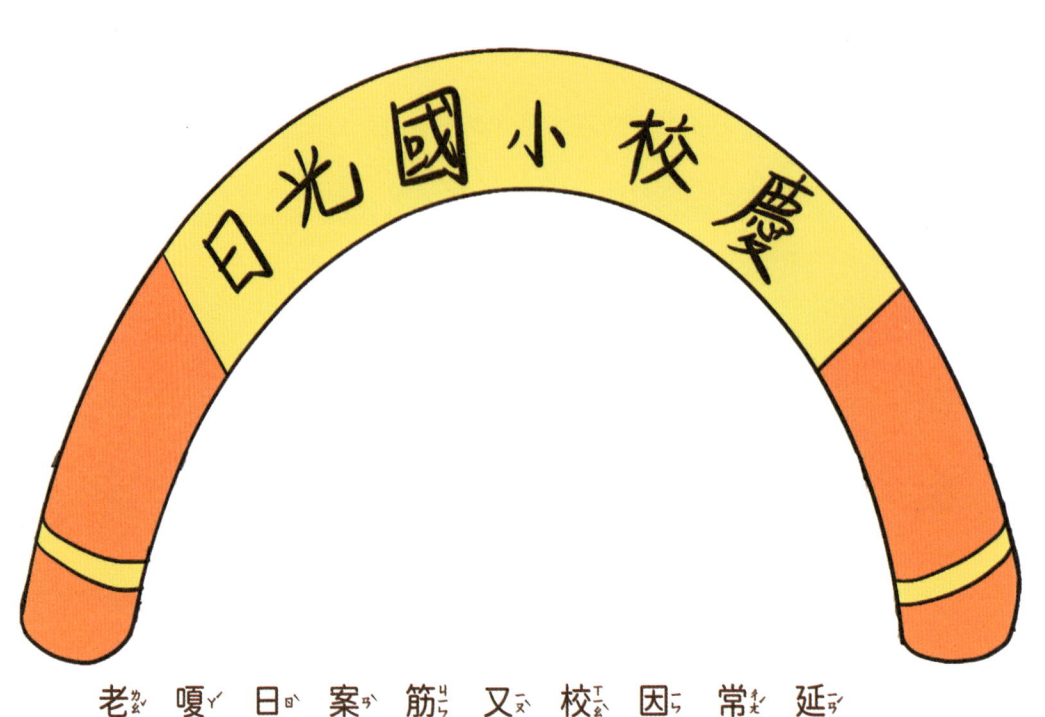

五月十九日 星期五 天氣晴

本來要在上學期舉辦的校慶活動延到這學期舉行。張歆宇從開學後就常常問我：今年校慶有運動會嗎？因為他很期待跑大隊接力打敗甲班。校長開學典禮時有說要辦場有意義又生活化的校慶活動。我想校長傷腦筋太多天了，上星期他終於公布答案，那就是「跳蚤市場義賣園遊會及日常生活家務事比賽」。大家聽了都嘎了一聲，完全不知道校長說什麼。老師們面帶微笑都沒有露出訝異表

情，他們一定早就知道，我懷疑校長和老師們簽了保密協定，絕對不能向學生洩漏校慶比賽項目。

我們知道跳蚤市場義賣園遊會，但是日常生活家務事比賽是什麼呢？

原來，校長希望日光小學的孩子們平常能幫忙家務、學習美化居家環境的技能及簡單的烹飪能力，所以中、低年級要摺衣服比賽，五年級是漆油漆接力比賽，六年級則是做出一桌家常菜招待各科老師，當作畢業的謝師宴。哇！這應該是史無前例的校慶活動吧！

摺衣服應該不難，但是油漆牆壁及煮菜，應該會讓學長學姊很困擾吧！聽說很多學長學姊都已經在家裡進行特別訓練。

校長說人人有獎，一、二、三年級不算是比賽，而是體驗，只要出賽就有紀念品，四、五年級的第一名則可以再獲得禮券獎勵，希望大家全力以赴。

校慶活動的準備工作在兩個星期時間裡緊鑼密鼓的進行著。現在又是梅雨季節，下過雨後的樹葉很難掃，所以衛生組長巫婆老師每天都在緊盯各班級的清潔工作，尤其是外掃區域。活動需要很多東西，還好日光里的好人很多：有五金連鎖店贊助油漆用品；有小農超市願意提供農產品給六年級烹調；櫥窗總是擺放各式可口麵包及可愛小蛋糕的辛蒂烘焙

屋要送點心盒給每個學生；校慶當天開放讓家長家人參加，王廣源里長說他要發通知單，請里民共襄盛舉，支持義賣助人活動。

摺衣服比賽需要很多衣服，是從社區資源回收箱收來的衣服，加上開學時全校進行一次捐衣服活動，愛心志工們清潔整理後，一箱一箱的衣服送到大禮堂，活動結束後，這些衣服會捐給育幼院、街友及弱勢家庭。

每個班級都有一個攤位，大都是二手貨特賣會，義賣所得捐給中低收入家庭。大家把家裡用不上的物品捐出來，至少一個，最多五個。媽媽前不久斷捨離①時整理出來的東西剛好派上用場，她幫Q弟準備了環保餐具、隨手杯及保溫杯，幫我準備的是爸爸公司尾牙時抽中的鋼骨雨傘、

107　校慶前一天

泡麵碗和小烤箱獎品。媽媽還貼上想義賣的價格貼紙，Q弟的五十元，我的都是兩百元。我覺得小烤箱應該要賣五百元。

前天和昨天我們把要義賣的物品帶到學校。我們班的義賣物琳瑯滿目，堆在教室後面像小山丘一樣高，最多的是小時候玩的益智玩具。今天第六堂課下課後，各班再把公共區域清潔一次，第七堂課就是佈置教

王詠芸和陳凌雯負責佈置教室前後的佈告欄，上面貼滿我們的圖畫、作文、自然與生活科技課及社會課的報告，每個人都有作品公佈。走廊上有學校提供的三張大桌子，就是義賣的攤位。邱佳郁指揮男生搬桌椅，她的粉絲團把從家裡帶來好幾塊美麗的桌巾鋪在上面。沒多久時間，我們班的攤位就有高有低，有不同的置物空間。放學前邱佳郁再三提醒我們明天早上不能遲到，要早點到學校把義賣物品放到攤位上。

放學時，除了張歆宇，大家都精神抖擻，期待明天的到來，張歆宇因

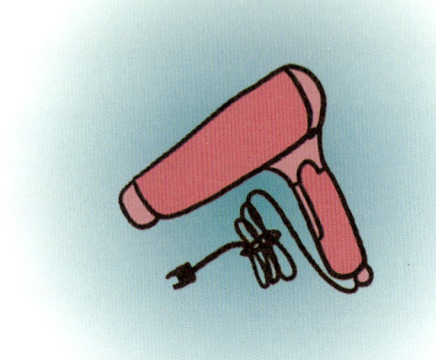

為沒有運動會,還在失望的情緒中……。晚上吃飯時,爸爸媽媽再三保證會來看我和Q弟的摺衣服比賽,為我們加油。我想要早點睡,但是我可能會太興奮而睡不著呢!

① 斷捨離:「沖道瑜珈」創始人沖正弘所倡導的瑜珈理念,於1976年提出,意指「斷絕不需要的東西;捨去多餘的事物;脫離對物品的執著」。被選為2010年度日本的流行語。

# 我的狂想

校慶前一天

青春日光狂想曲 112

校(ㄒㄧㄠˋ)慶(ㄑㄧㄥˋ)競(ㄐㄧㄥˋ)賽(ㄙㄞˋ)

歡(ㄏㄨㄢ)樂(ㄌㄜˋ)多(ㄉㄨㄛ)

113

五月二十日 星期六 天氣晴

今天校慶活動好熱鬧！

校門口有個好高大的彩色充氣拱門、司令台上兩邊掛滿了彩色氣球，到處都有恭賀的花籃盆栽。八點半的時候，來了好多位穿西裝的來賓，家長們也穿上美麗及帥氣的衣服來參加。校長很開心的笑著，三位主任一直小跑步穿梭校園，連電視台SNG採訪車也來了，聽說他們最想要拍攝的是五年級的刷油漆比賽。校長和幾位貴賓致詞後，就一起切大蛋糕，大家大聲唱著生日快樂歌，好多氣球飛上天空，我們都好高興得拍手。

各班走廊就是跳蚤市場園遊會的攤位，低年級有愛心志工們幫忙顧攤位收錢，家長們進教室都在找佈告欄上貼的自己小孩的作品，找到時就很開心。大家都自備環保袋，準備在跳蚤市場尋寶。

最受期待的「日常生活家務事比賽」就要展開！九點先進行一到三年級的摺衣比賽，共有三班，各班分三組共九組進行。一年級每人摺一件小孩子棉Ｔ，二年級摺一套學生運動服，也就是上衣加短褲，三年級只要摺一件學生長褲。

我覺得低年級的摺衣服比賽是在比可愛的，他們都可以使用摺衣神器——小墊板。他們走到大桌前拿一件兒童Ｔ恤，走回工作檯，把Ｔ恤鋪平，把墊板放在正中間領口上，把左邊往中間摺過來，把右邊摺過來，下擺摺上來，最後慢慢地小心地拿出墊板，完成。爸爸媽媽拿著手機相機狂拍照、拍影片，捕捉小寶貝的認真模樣。

※ ※ ※

校長認為我們四年級能協助爸媽更多的家務事,所以提高比賽的困難度,除了是計時賽外,也不能用摺衣神器。大禮堂舞台布幕拉上,衣服都放在布幕後面,我們像抽獎一樣要伸手到布幕後,抽到什麼衣服就摺什麼衣服,摺好後要整齊的放入置物箱。

我們甲乙兩班各分成三隊,一共六隊比賽,首先每個人在籤筒裡拿球,分紅白藍三隊,我們班有二十六人,所以是紅隊、白隊都是九個人,藍隊八個人。真是冥冥中的安排,我們麻吉三人組和邱佳郁都是藍隊,男生三人,女生五人,邱佳郁立刻發號施令叫我們三個男生先摺,她當第五棒及最後第九棒,她說她從小就負責每天摺家裡洗好的衣服,充分練習後,她算是資深選手,絕對可以獲勝。

我當第一棒,披掛著接力彩帶,一聽到比賽哨音響起,我快步跑到講

台前，伸長右手往布幕後摸呀摸，感覺衣服的質料粗粗的，一抽出來是一件牛仔褲。我跑回工作區，很快地把兩個褲管對摺，再把褲腳與腰身對摺再對摺，放在置物箱，再把接力彩帶交給林家恩，他摸到的是一件T恤，也很快的摺好，放在置物箱裡。第三棒李宏銘小跑步的向舞台移動，伸手進去竟然抓到一件澎澎裙，他大叫：「這要怎麼摺啊！」一邊說一邊把裙子放在腰部，舉起右手像跳芭蕾舞一樣繞圈圈，還對著拍照的李媽媽擺出勝利V的手勢，引起大家哄堂大笑。這時就聽到邱佳郁在大叫：「李宏銘，你快點回來摺，你已經浪費四十秒了。」

雖然我覺得學校過生日，慶生嘛！開心最重要，希望邱佳郁不要太在

意競爭成績，但也要感謝她，因為她很幸運，兩次都抽到棉T，可以很快的摺好，最後我們這一組竟然獲得冠軍，領先第二名（是甲班的紅隊）有三十秒呢！

※　※　※

十點開始進行刷油漆接力比賽，場地在第一棟樓穿堂的牆壁，地上早已鋪滿了舊報紙，走在上面發出劈劈啪啪的聲音。這面大牆壁本來就有黑色的「我愛日光」四個大字，前幾天已經重新漆上了鐵灰

色，字體外是褪色的乳白色牆面，今天要由五年甲班漆上鵝黃色的油漆。

五年甲班有二十四人，剛好分成四組，每組都要刷一平方公尺的面積。

大家穿上圍裙，拿著小刷子，躍躍欲試。級任導師講解比賽規定，每人只能漆一分鐘就要換人，直到漆完為止。不只要刷得快、也要刷得美麗，還不能讓油漆滴滿地。老師提醒大家不要玩油漆，也要避免碰撞或擠成

一團而讓油漆灑出來。

比賽開始,第一、二組的策略是先油漆大面積的部分;三、四組則是

先漆靠近字體彎彎曲曲困難的部分。個子高的學長把最上面仔細地來回刷了兩三次，個子比較嬌小的就刷下面的部分。班長洪承勛這組負責最困難的「愛」字，大家都很會「拐彎抹角」，漆得又快又美麗。雙胞胎兄妹宋昕毅、宋昕彤不同組但同時上場，形成兄妹對峙的場面；上星期玩躲避球右手手指骨折，現在還綁著繃帶的副班長張又寧堅持要上場，結果手一滑，我愛日光的「我」字，右上角那一點只剩下一半。最頑皮搗蛋的梁旭廷一邊漆一邊笑，刷子沾了太多油漆，油漆像水滴一樣往下流，「日」字瞬間變成「口」字，看來這一組與冠軍無緣了。

比賽結束時雖然每個人的頭髮、臉、手及衣服都沾上油漆，但都很開心的看著同心協力完成的傑作。比賽由校長及三位主任擔任評審，他們看看牆面成品又看看凌亂的地上，四個人交頭接耳一番，最後評選由負責漆「愛」字區的第二組勝利，校長立刻頒獎給第二組，獎品是每人兩

百元的超商禮券，大家決定要把油漆刷子帶回家作紀念。

※ ※ ※

看完緊張刺激的五年級比賽後，我們麻吉三劍客決定去多功能教室看六年級的烹飪體驗謝師宴。他們是這次完全沒有比賽氣氛的年級。他們分四組，各要煮出一桌家常菜當作畢業謝師宴款待老師們，指定菜單是：包水餃、煮水餃、煎十顆荷包蛋、炒菠菜及番茄炒蛋、還要煮一鍋玉米濃湯。為了安全，所有材料都由志工媽媽們切好分裝，水餃餡也是志工媽媽們事先準備好的，學長學姊們只要包水餃就好。

多功能教室裡擺著十張會議桌，分配給每組有兩張桌子及三個電磁爐，大家分工合作，但是每個人都要包五顆水餃。每組都有一位志工媽媽提供技術指導。可能是擔心沒有煮熟，端上桌子的水餃不是煮太久，就是煮到水餃皮都破了，荷包蛋也焦了、炒青菜不是太鹹，就是忘了放鹽，玉米濃湯也因為沒有一直攪拌，鍋底也焦了，傳出陣陣焦香味。李宏銘胸有成竹的說，除了由王雅琪學姊擔任主廚指揮隊員的第三組的成品較佳外，其他三組的表現都差強人意。可惜他不是評審，因為善良的六年甲班級任導師許玟櫻試吃每一組的菜餚後說，「雖然扮相不佳，口味也有點偏差，但是大家的精神可嘉，老師吃得到你們的誠意與情感，讓我們開動吧！」

※　※　※

校長、主任們及六年甲班的各科老師們都很捧場地吃得津津有味。

快到十二點時，校慶活動接近尾聲，人群逐漸散去，我們回到教室，和其他同學把桌椅恢復原狀。邱佳郁開始發點心盒，李宏銘立刻吃起螺旋奶油麵包及紅豆麵包，方老師誇讚全班今天表現很好，就說可以回家了。

我去二年級教室找爸媽，媽媽手上拿著我捐出去義賣的鋼骨雨傘，原來媽媽看到我們班攤位只剩下三樣東西，竟然沒人要買這把傘，她就用兩百元買回來了。媽媽還在五年級攤位上買到全新手工編織的毛線帽與圍巾，媽媽說要寄給在韓國首爾工作的阿姨，首爾冬天會下雪，阿姨一定用得上。

我們一家人帶著今天的戰利品準備回家，看到校長又站在穿堂跟大家打招呼。兩位美術老師溫老師及劉老師拿著刷子及油漆桶，看著剛剛刷油漆比賽的牆面，原來老師已經把消失的「我」字半點及「日」字的一

橫補刷上鐵灰色油漆了，再次重現「我愛日光」原貌。我和Q弟也跟其他學生一樣，大聲的唸著「我愛日光，老師再見，校長再見。」走向校門。

喔，對了，今天校慶，所以下個星期一有補假一天。耶！真棒！真是太開心了！

難忘的畢業活動

義 剪 助

熱鬧的校慶過後兩個星期，校門口又停了好幾輛電視台的採訪車。這次的主角人物是六年甲班。

我們學校算是新的學校，所以五、六年級都只有一個班級。六年級有個特殊現象，那就是全班十四個女生，十個男生，二十四人都留長髮。原來，學長姐升上五年級時，新級任導師許玟櫻老師，要大家想想如何為國小生活留下一個美好回憶，讓大家在黑板上寫下最希望的慶祝方式。學生們的想法五花八門，包括：出國畢業旅行、班級露營、騎單車環島、去墾丁迎曙光、爬玉山、到海邊撿垃圾、捐出所有

義　剪

零用錢……，各種吃喝玩樂到捐款助人的點子都出籠。大家你一言我一語的，都希望自己的想法能被其他同學接受。這時候留著一頭長髮的班長徐筱婕提出「捐髮助人」的想法。原來班長的鄰居得了癌症，抗癌過程中嚴重掉頭髮，所以都戴著假髮。班長說只要剪長度三十公分的頭髮捐給抗癌團體，就可以做成假髮，送給因為使用癌症藥物而掉頭髮的病友。

這個 idea 立刻獲得大多數留著長髮女生們的支持，因為頭髮自然生長，只要不燙頭髮、不染頭髮，不必另外花錢，是最不傷腦筋的自然助人法，而且大家都可以捐頭髮。可是，男生怎麼辦呢？男生們願意留長髮嗎？

沒想到所有男同學都願意留長髮，有人說試試看，陪大家留長髮，能留多長算多長，就算只留到肩膀也好。

就這樣，這個有意義的畢業活動計畫成了六年甲班的神聖目標，活動採「不強迫、不勉強」。許老師發了一張通知單讓學生帶回去徵求家長同意，請爸媽鼓勵孩子參加，也歡迎家長能共襄盛舉，陪著孩子一起留長髮。捐髮助人計畫立刻在學校引起廣泛的討論，校長在週二全校師生都參加升旗典禮時宣布這件事情，也有很多老師響應。李宏銘家裡開美髮院，聽說他媽媽會來幫忙剪頭髮。我回家也和爸爸媽媽討論學長學姊的愛心行為。

「要留長頭髮兩年嗎？這麼久。不過也是機會教育，可以學習自我管理，隨時顧好服裝儀容的一部分，整理好頭髮，不能披頭散髮，總不能每天都讓媽媽幫忙梳頭髮、綁頭髮、甚至洗頭髮吧？不過對小學生真的不容易，這是耐心的考驗喔！我的頭髮最長也只留到肩膀。留長髮洗頭髮很麻煩的。」確實，我只有看過媽媽長髮披肩照片。

「男生也要留長髮？男生很好動，打球跑來跑去的，怎麼留得住呢？」爸爸覺得很不可思議。

學長們非常搞怪，頭髮一長，就開始綁起沖天炮、公主頭，聽說許老師的抽屜裡有各式各樣、各種顏色的橡皮筋髮帶，讓學生們隨時可以綁頭髮。李沛琳學姐是自然捲，長髮像波浪一般。天氣好熱時，就會有很

多嚕嚕米故事裡的小不點髮型——丸子頭出現了。我覺得公主頭最美了，學姊們還會綁著粉紅色緞帶蝴蝶結裝飾，好漂亮。媽媽也常綁公主頭去上班，但是我從沒看過媽媽綁蝴蝶結。

我偶爾進到辦公室時也聽到老師們的討論，說六甲的學生因為有共同目標留長髮，感情愈來愈好。他們會討論用哪個牌子的洗髮精潤絲精，如何護髮，晚上睡覺前一定要梳頭髮一百下；除了會彼此綁辮子，還把

時下韓國明星流行的各種麻花辮子編法帶進教室，什麼高馬尾辮子、低雙馬尾辮子、拳擊辮子、瀏海辮子；綁在後面、在耳朵兩邊、綁一條，綁兩條，綁成像甘蔗一截一截的，變化多端，每天都上演髮型秀。此外，他們還有髮型規定，每週二升旗日全班綁辮子，星期三上半天要綁丸子頭，到了星期五則是綁馬尾。我覺得學長姐真是創意十足，太帥氣了。

留了一年多的長髮，學期開始拍畢業團體照時，除了第一排的校長、主任、科任老師外，所有同學及許玟櫻老師都長髮入鏡。校長說，校慶慶祝週時，將安排剪髮贈髮儀式，等到六月時，六年甲班同學就可以留不同的髮型——應該都是俏麗短髮，參加畢業典禮了。

※　※　※

終於到了要剪頭髮這一天了。因為校長希望能建立傳承與學習的精神，所以三年級以上班級的班長副班長都可以在旁觀摩，再回教室向班

133 難忘的畢業活動

上台同學簡單報告，所以我和邱佳郁又要出任務了。

大禮堂布幕上掛著紅布條——「日光國小第一屆畢業生義剪助癌友活動」，台上排了四張椅子，六年甲班學長學姊坐在台下正中央，旁邊有貴賓席、家長區，師長及我們這些學弟妹代表則隨意站著。還有電視台記者、報社記者也來了，在四處猛拍照，抓著同學訪問。當然，王廣源里長又帶著微笑不停地穿梭在禮堂裡，四處遞名片。

第一組要剪頭髮的是班長徐筱婕、副班長江宥翔、頭髮留最長的王雅琪以及她的媽媽，他們坐在椅子上，幫忙義剪頭髮的李宏銘媽媽和店裡的設計師以及校長主任來賓站在兩邊，先拍合照，之後由校長發號施令：

「我宣布，義剪活動，開始。」

當剪刀喀嚓一聲剪了徐筱婕學姊的頭髮時，本來嘴帶微笑的她瞬間掉

下眼淚，哭了起來，李媽媽只好停了下來，遞給她面紙，等了幾分鐘才又開始剪頭髮。

等到第一組剪完頭髮後，貴賓們又上台，每個人拿著一串頭髮，大家合影留念。之後，第二組上台剪髮，而記者們則在台下圍著班長訪問，她又露出燦爛的笑容，慢慢說起發起活動的過程。我想記者們一定跟我一樣，最好奇男生留長髮的心情了，所以江宥翔學長旁邊也圍著好多記者；另外，王雅琪學姊留了四年長髮，剪下來的頭髮長度有六十公分，而且她的媽媽是外國人也留著好長的頭髮。她家在日光橋附近開了一家越南美食店，王媽媽忍耐留長髮的悶熱感，每天在廚房煮麵，今天「母女同框」，一起剪髮助人，所以也有記者訪問她們，王叔叔也來到現場，拿著手機猛拍照。

我和邱佳郁在禮堂停留了半小時，回到班上，老師請邱佳郁簡單向大

家說明義剪活動，她看著手中的小抄，大聲報告：

「校長致詞後然後有市議員致詞，然後癌症基金會的來賓也上台說感謝的話。有四位設計師來剪頭髮，今天有12位學姊、四位家長剪捐，嗯，還有他們班的導師許玟櫻老師以及護理師陳阿姨也有剪頭髮，然後，嗯，一共是18位捐髮助人。

那，有些學姊頭髮的長度不夠，大概還需要留幾個月就可以剪了，因爲有些學長是陪大家留長髮的，沒有留很長的，今天設計師也有幫忙剪短，都很帥帥的。」

方老師謝謝邱佳郁的說明，接著說希望我們能學習學長姊行善助人的精神後，就繼續上課。

下課鈴響後，邱佳郁立刻招呼她的粉絲們靠過來，聽她繼續說「詳細版」……「……設計師都好美，她們都有染髮耶，還染成紫色的……，我就站在江宥翔學長旁邊，怎麼辦？怎麼辦？記者好像有拍到我耶！你們今天回家一定要看電視新聞哦……」

（喂！邱佳郁，你不是今天的重點，你懂不懂啊！）

# 我的狂想

# 我的暑假計畫

141

學期就要結束，最後一次作文課，方老師在黑板上寫下這次的題目，大家跟著老師的寫字節奏緩慢的唸出題目「我、的、暑、假、計、畫」，大家唉了一聲後，李宏銘大聲地說：「老師，這個以前寫過了啦！換一個啦！」

方老師要大家安靜，耐心的解說這篇文章不是只寫自己的暑假計畫，老師要我們像記者一樣，至少訪問五位同學，簡單記錄他們的暑假計畫，也要寫自己的暑假計畫，再寫結語或訪問心得，用條列式寫出來就可以了。這次的考驗是我們要學習記談話重點及注意時間的掌控，訪問的時間只有三十分鐘，老師會每十分鐘就提醒大家。

一瞬間，教室立刻像媽媽常帶我去的黃昏市場一樣的吵鬧。林家恩拿著鉛筆和計算紙叫著我的名字說要訪問我，李宏銘也湊過來；邱佳郁的粉絲則圍在她的座位旁；方老師叫大家小聲一點，不要吵到隔壁班上課。

點子王林家恩建議我們麻吉三劍客先各自說出自己的暑假計畫後,再分別去訪問上次作文寫的「介紹我的好朋友」裡那四位主角,這樣就有七個人的資料可用,我和李宏銘覺得這樣很有效率,立刻行動。邱佳郁的粉絲團人數眾多,一個人說話,其他人低頭在筆記本上抄寫,果然迅速完成訪問。之後,邱佳郁果然又發揮她熱心公益的精神,她主動去問寫字比較慢的李佑康、汪芷晴以及比較內向安靜的高芊霏,問他們要不要訪問她,所以邱佳郁把自己的暑假計畫說了一次又一次,她又要參加好多個夏令營活動。

當我們在教室走來走去，忙著找同學訪問與接受訪問的時候，方老師在黑板上一邊寫字，一邊說時間到了，叫大家回到自己座位。

「方怡君老師的暑假計畫是：除了回鄉下探望爺爺奶奶外，因為我喜歡喝下午茶，所以我已經報名烘焙班，暑假時候我要學做麵包、蛋糕、餅乾，送給爺爺奶奶品嚐。我還要每天都要讀英語一個小時，練習英語會話。」

原來這是方老師的暑假計畫，她舉例要我們這樣寫這次的訪問，老師還說如

果時間來不及還沒有訪問到五位同學的話，可以把方老師的計畫寫上去。

老師說完，剛好下課鐘響，一如往常的作文課，除了上廁所外，幾乎沒有人敢離開教室。我看著剛剛的訪問筆記，抓抓頭髮，看看教室的天花板後，跟大家一樣，振筆疾書開始寫作文。

題目：我的暑假計畫

林家恩的暑假計畫是：我計劃和李宏銘、王書維在日光溪河堤騎腳踏車，還要參加愛護荒野協會的生態營。大哥會帶我參加鐵道之旅，就是坐火車旅行，到不同的車站拍車站的照片，吃那邊好吃的食物。

青春日光狂想曲　146

李宏銘的暑假計畫是：我計劃和王書維、林家恩在日光溪河堤騎腳踏車，還要吃至少三十家社區美食，奶奶說要教我做各種麵食，從和麵、揉麵糰開始教。

顏秉喬的暑假計畫是：姊姊和我會先去阿公阿嬤家三個星期，我會幫忙餵雞鴨吃飼料，裝水給牠們喝。之後還要去爺爺家兩個星期，爺爺說只要我能早點起床就答應帶我去打太極拳，我覺得打太極拳很有趣。媽媽則規定我每天都要跳繩三百下。

張歆宇的暑假計畫是：我要學跆拳道，我希望以後能當運動選手，所以今年先學習跆拳道，還要和鄰居哥哥們到學校打三對三籃球。

丁苡安的暑假計畫是：今年暑假我會很忙，我正在練習小奏鳴曲，現在彈的是「小狗圓舞曲」，七月有鋼琴能力檢定，八月起我要學新的樂器，雙簧管。因為五年級時候，我想參加市賽，所以我在暑假要常常彈鋼琴，可能到週末才能去外公外婆家玩一天吧！

邱佳郁的暑假計畫是：爸爸幫我報名參加廣播電台的「小小主播夏令營」，之後參加動物園的「我愛動物夏令營」，但是科學館的「我愛科學夏令營」我是候補人選。

王書維的暑假計畫是：我計劃和林家恩、李宏銘在日光溪河堤騎腳踏車，還要和媽媽回外公外婆家幫忙執行斷捨離計畫。外公外婆家很大，有四層樓，每間房間都堆很多東西，我想一個暑假也整理不完。我希望媽媽能讓我去爺爺奶奶家玩。

我的結語：祝大家暑假快樂！

（老師，我寫七個人，要加分哦！）

149 我的暑假計畫

青春日光狂想曲 150

No Writing, No Games.

151

## No Writing, No Games.

「我寫完了！」我從椅子上站起來，雙手一伸，大聲叫著！我終於完成爸爸口中的「不可能的任務」了！

學期終於結束了。我考了全班第六名，Q弟是第五名，爸爸媽媽很高興，說要帶我們去臺中阿姨家玩，還要吃大餐慶祝學期結束，以及我們都成績進步。但是我只簡單附和著，因為我還有一個大作業一定要盡快完成。

是的，為了我夢寐以求的遊戲機，我比準

備考試還要認真地挑燈夜戰，絞盡腦汁，吃完晚餐後又繼續奮筆疾書，現在，終於寫完最後一張稿紙。

爸爸交給我的那疊四百字稿紙已經寫滿上滿的字，紙張變得很蓬鬆，字寫得不正不正斜斜的，不像寫作業那麼工整，還有很多塗塗改改，也有一整段劃著大叉叉的，有好幾張稿紙還有可樂、奶茶、番茄醬甚至是酸辣湯的污漬，所以皺皺的不平整，不過，我想爸爸應該不會在意這些。

我把稿紙按照順序排好，用大夾子夾著，放在餐桌上。爸爸今天晚上大夜班，所以明天早上他會帶著早餐回來。我真想看看爸爸的表情，當他看到我完成這份額外的大作業，希望是驚訝而不是驚嚇。

當然，我也得提醒爸爸要遵守男子漢的約定，所以把百貨公司寄來的這個月特刊翻到遊戲權那一頁用紅色簽字筆把我夢寐以求的遊戲照片圈起來，再貼上三張星星貼紙後，放在滿氏的下面。

我想，再過幾天我們全家一定會去逛百貨公司，我和Q弟會手牽手用小跑步往遊戲機專櫃跑去。

對了，這是今年暑假的第一篇日記。

咦？我忘了寫今天的早餐吃什麼了！呵呵

# 我的狂想

157 No Writing, No Games.

國家圖書館出版品預行編目資料

青春日光狂想曲 / 季暄 作
　--初版-- 臺北市：博客思出版事業網：2024.12
　　　　　面； 　公分.
　國語注音
　ISBN 978-986-0762-99-0(平裝)
　863.596　　　　　　　　　　　113015964

# 青春日光狂想曲

作　　　者：季暄
繪　　　圖：張珮綺
編　　　輯：塗宇樵、盧俊方、楊容容
校　　　對：盧俊方、張加君、塗宇樵、Laurie Tsai
企　　　劃：林育潁、蔡雯慧
顧　　　問：蔡明珠、丁文娟
手寫文章：台中市龍井區龍峰國小林可宸
美　　　編：塗宇樵
封面設計：塗宇樵
出　　　版：博客思出版事業網
地　　　址：臺北市中正區重慶南路1段121號8樓之14
電　　　話：(02) 2331-1675 或 (02) 2331-1691
傳　　　真：(02) 2382-6225
E‑MAIL：books5w@gmail.com或books5w@yahoo.com.tw
網路書店：http://5w.com.tw/
　　　　　https://www.pcstore.com.tw/yesbooks/
　　　　　https://shopee.tw/books5w
　　　　　博客來網路書店、博客思網路書店
　　　　　三民書局、金石堂書店
經　　　銷：聯合發行股份有限公司
電　　　話：(02) 2917-8022　　傳真：(02) 2915-7212
劃撥戶名：蘭臺出版社　　　　帳號：18995335
香港代理：香港聯合零售有限公司
電　　　話：(852) 2150-2100　傳真：(852) 2356-0735
出版日期：2024年12月 初版
定　　　價：新臺幣320元整（平裝）
ISBN：978-986-0762-99-0

版權所有・翻印必究